AF296122

DE L'USAGE

ET DU CHOIX

DES LIVRES

POUR L'ÉTUDE.

DES BELLES LETTRES.

AVEC

Des Catalogues raisonnés des Auteurs utiles ou nécessaires, pour se former dans les diverses parties de la Littérature.

Par M. l'Abbé LENGLET DU FRESNOY.

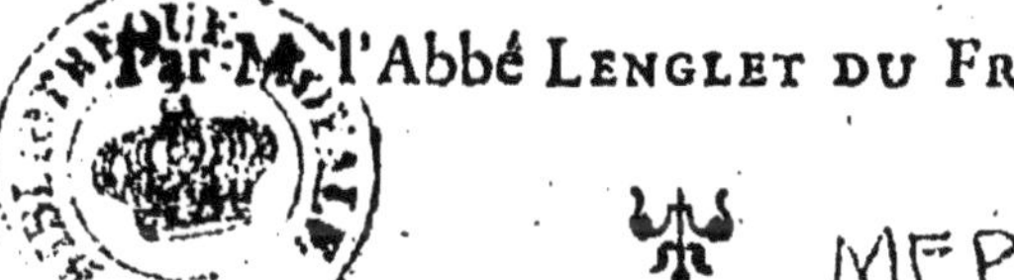

A PARIS, QUAY DES AUGUSTINS,

Chez
{
MUSIER Pere,
ROLLIN Fils,
DE BURE l'aîné,
DE BURE le jeune.
}

M. DCC. XXXVI.

LETTRE

A MONSIEUR ***.

E me détermine enfin à vous envoïer, Monſieur, le plan de ce que j'ai tra-vaillé ſur les belles Let-tres, & je me flatte qu'avant de donner l'ouvrage au Public, vous voudrez bien m'honorer de vos con-ſeils, dans leſquels j'ai toujours trouvé beaucoup de lumieres & de ſageſſe.

Le but de mon ouvrage n'eſt pas ſeulement de faire connoître les Li-vres, ou d'examiner la bonté de leurs différentes Editions : les Bi-bliothequaires l'ont fait avant moi, & les Libraires intelligens le font tous les jours.

Je cherche à réunir preſque ſous

A ij

un même point de vuë, ce qu'il y a de plus effentiel & de plus utile dans les regles que l'on a preferites pour chaque partie des belles Lettres. Je raffemble en un même livre ce qu'on trouveroit à peine dans quatre ou cinq cens volumes, les uns trop rares pour être dans l'ufage ordinaire de la littérature ; les autres trop communs & trop vulgaires pour être entierement lûs par l'homme délicat, qui ne veut que des lectures choifies. Je l'ai fait même avec une précifion qui m'a obligé de dire beaucoup en peu de paroles. Par-là je laiffe aux Lecteurs la liberté de réflechir : je leur procure le plaifir de trouver par eux-mêmes, ce qu'un fçavant prévenu de fon mérite, s'imagine quelquefois pouvoir imaginer feul par de longues recherches & de pénibles méditations. J'y joins de temps en temps mes réflexions ; c'eft le feul endroit par où je me dédommage de mon travail & de mes peines.

Ainsi le jeune Grammairien y trouvera les principes généraux de la grammaire : le jeune Orateur y verra les maximes les plus importantes de l'art oratoire. Il en sera de même du Poëte, du Traducteur & du Critique ; je parle toujours des commençans ; à Dieu ne plaise que je présume éclairer les autres ; je me contente de les écouter avec docilité & de profiter de leurs instructions. Ceux donc à qui je parle, y liront ce qui leur est nécessaire pour avoir les premieres notions, & je leur indique les sources où ils pourront se remplir par de plus profondes réflexions. L'homme de Cour y verra même qu'on lui fait souvent un phantôme de ce qu'on appelle connoissance des belles Lettres ; loin d'être embarrassée, elle est claire, simple, & agréable ; elle ne sert qu'à donner du goût, à perfectionner l'esprit, à le rectifier utilement, & l'orner agréablement. Ainsi ce n'est pas cette science faftueufe du pédant ; qui ne peut faire un pas fans être foutenu de quelque auteur ancien , ou qui ne fçauroit dire une chofe utile ou agréable , quelque commune qu'elle foit, fi elle n'eft tirée mot à mot d'un Grec ou d'un Latin , dont il a foin de rapporter fervilement le texte dans la langue originale , afin que fes lecteurs puiffent en même-tems juger & de fon peu de genie, & de la fidelité de fa traduction.

Peut-être embraffai-je trop de matieres ; peut-être mon travail ne fera-t'il point affez parfait pour être goûté des fçavans ? mais j'aurai du moins fait connoître ma bonne volonté ; & j'efpere que l'on m'en tiendra compte. J'aurai même donné un extrait de ce que nous avons de meilleur en ce genre de littérature. En tout cas , j'indique les fources ; je marque les ouvrages les plus accomplis en chaque genre ; & par l'examen qu'on en pourra faire , il ne fera pas difficile de rectifier la mediocrité de mon travail. C'eſt tout ce que je puis dire de mieux pour ma conſolation.

Après mes diſcours ou mes réflexions, ſuivront pluſieurs Catalogues raiſonnés, des auteurs de la belle littérature. Je les accommode à tous les genres d'études auſſi-bien qu'aux différens caractères des perſonnes, & aux divers états de la vie; car tous les hommes ne prennent pas la même route; tous néanmoins tendent au même but; tous veulent être inſtruits: chacun en ſon genre ſe picque d'acquerir des lumieres ſuivant ſon goût & ſes talens.

Ainſi l'homme qui a de l'inclination pour une profonde, mais ſage & utile érudition, trouvera ce qu'il faut lire pour y arriver, auſſi-bien que l'homme délicat & ſenſuel, ſi l'on peut ainſi nommer celui qui ne veut que des lectures exquiſes & recherchées. Il y verra donc le choix que l'on doit apporter pour ſe former dans le goûc le plus parfait des Lettres. Il n'y aura pas jufques aux Crenius & aux Burmans, c'eft-à-dire, jufques à ces gens qui fe chargent de tout le fatras de la littérature, qui ne trouvent dans ces Catalogues dequoi fe fatisfaire. Par là je cherche à plaire à tout le monde : C'eft une terrible entreprife : heureux fi je puis réuffir dans cette partie de mon travail : mais j'en doute.

Quelquefois pour donner la preuve de mes réflexions, je joindrai quelques differtations fingulieres & quelques petits traités rares & curieux dans les matieres littéraires dont je parle. Ce font fouvent des pieces fugitives qu'on admire dans le tems qu'elles paroiffent, qu'on néglige enfuite, & qu'il eft enfin extrêmement difficile de trouver quand l'occafion renaît de s'en fervir. J'épargnerai par là bien des recherches & dela peine aux amateurs. Cette partie demande plus de foin que de méditation ou de travail d'ef-

prit. Marquez-moi vos avis ; marquez-moi ceux de vos amis fur l'é-
conomie de mon ouvrage , tel que
je vous l'envoye , & foyez perfua-
dé que je ferai gloire de m'y con-
former en tout. Je fuis très-fince-
rement , Monfieur , &c.

A Paris ce 1. *Août* 1736.

A v

DE L'USAGE

ET

DU CHOIX DES LIVRES

Pour l'étude des belles Lettres.

PREMIERE PARTIE.

De la connoissance des Livres.

Chapitre premier. PLAN de l'ouvrage : Histoire des Lettres : leur progrès : leur décadence & leur rétablissement : goût des différens siecles pour la littérature.

Chapitre 2. Goût des différentes Nations pour les belles Lettres ; vicissitude de la littérature chez les différens peuples.

Chapitre 3. Ce qu'on entend par les belles Lettres : but qu'on doit se proposer dans leur étude : leur utilité dans les divers états de la vie.

Chapitre 4. De la connoissance des

A vj

Grecs par rapport aux belles Lettres : choix qu'il en faut faire : à quels siecles & à quels auteurs on doit se borner.

Chapitre 18. Etude des auteurs Italiens par rapport aux belles Lettres très-étenduë : remarques sur leurs caracteres.

Chapitre 19. Etude des auteurs Espagnols par rapport aux belles Lettres : remarques sur leurs caracteres.

Chapitre 20. Etude des auteurs qui ont rapport aux belles Lettres dans les autres langues de l'Europe.

QUATRIE'ME PARTIE.
Etude de la Critique.

Chapitre 21. Etude de la Philologie, c'est-à-dire l'examen critique des anciens Auteurs ; son étenduë, son utilité, fautes qu'on y commet : choix & usage des livres qui peuvent y servir ; commentaires sur les anciens Au-

HUITIE'ME PARTIE.
Etudes particulieres qui ont rapport aux belles Lettres.

CATALOGUES
POUR
LES BELLES LETTRES.

PREMIER CATALOGUE.

Catalogue raisonné des Livres de belles Lettres, qui doivent entrer dans une grande Bibliotheque, compris en 126 articles.

2ᵉ Catalogue.

Liste des Livres néceffaires à un homme du monde qui fouhaite fe former le goût, s'inftruire, & s'occuper, fans prétendre devenir fçavant.

3ᵉ Catalogue.

Liste des Livres néceffaires à un Sçavant pour l'étude des belles Lettres.

4ᵉ Catalogue.

Editions des Auteurs de Littérature, données avant l'an 1500.

5ᵉ *Catalogue.*

Editions des trois Manuces.

6ᵉ *Catalogue.*

Auteurs de Littérature , donnez par Robert Eſtienne.

7ᵉ *Catalogue.*

Auteurs de Littérature, donnez par Henri Eſtienne.

8ᵉ *Catalogue.*

Auteurs de Littérature , donnez par les autres Eſtiennes.

9ᵉ *Catalogue.*

Auteurs de Littérature , donnez par Simon de Colines.

10ᵉ *Catalogue.*

Auteurs de Littérature , donnez par Michel Vaſcoſan.

11ᵉ *Catalogue.*

Editions des Auteurs de Littérature , données par Mamert Patiſſon & ſa Veuve.

12.e *Catalogue.*

Auteurs de Littérature, donnez par Plantin, Raphelinge & Moretus.

13.e *Catalogue.*

Auteurs de Littérature, donnez par les Elzevirs.

14.e *Catalogue.*

Auteurs de Littérature, revus par M. Mettaire, & donnés par Jacob Tomson.

15.e *Catalogue.*

Auteurs de Littérature, avec les Notes dites *Variorum.*

16.e *Catalogue.*

Auteurs de Littérature imprimez par ordre de Louis XIV. à l'usage de Monseigneur le Dauphin.

17.e *Catalogue.*

Auteurs de Littérature, imprimez in-4°, en Hollande, nommez *Diversorum.*

18e *Catalogue.*

Livres imprimez par ordre des Rois
Louis XIV. & Louis XV. dans l'Im-
primerie Royale.

19e *Catalogue.*

Lifte des Livres les plus rares en chaque
genre de Sciences, avec des Remarques.

*Tous ces Catalogues font accompagnez des
Remarques néceffaires.*

A P P R O B A T I O N.

J'A i lû par ordre de Monfeigneur le
Garde des Sceaux, le *Profpectus* de
l'ouvrage intitulé : *De l'Ufage & du choix
des Livres, pour l'étude des belles Lettres,*
&c. A Paris le 1. Août 1736.

SOUCHAY.